我來幫你開

不甘心，我不甘心。

我ㄨˇ想ㄒㄧㄤˇ吃ㄔ巧ㄑㄧㄠˇ克ㄎㄜˋ力ㄌㄧˋ，
可ㄎㄜˇ是ㄕˋ這ㄓㄜˋ個ㄍㄜˋ袋ㄉㄞˋ子ㄗˇ好ㄏㄠˇ難ㄋㄢˊ撕ㄙ開ㄎㄞ喔ㄛ。

咿～～～～

嗚×咿～～～

咿～～～

還是打不開……
因為我還小，
力氣不夠大，

所以撕不開
這個袋子。

沒ㄇㄟˊ辦ㄅㄢˋ法ㄈㄚˇ，
只ㄓˇ好ㄏㄠˇ找ㄓㄠˇ媽ㄇㄚ媽ㄇㄚ幫ㄅㄤ忙ㄇㄤˊ了ㄌㄜ。

給ㄍㄟˇ你ㄋㄧˇ。

要ㄧㄠˋ說ㄕㄨㄛ
什ㄕㄣˊ麼ㄇㄜ啊ㄚ？

嗯ㄣ？

啊ㄚ，
謝ㄒㄧㄝˋ謝ㄒㄧㄝˋ媽ㄇㄚ媽ㄇㄚ
幫ㄅㄤ我ㄨㄛˇ開ㄎㄞ。

不ㄅㄨˋ客ㄎㄜˋ氣ㄑㄧˋ。

真不甘心。
我也想像媽媽一樣，
刷的一下就
撕開了。

嗚咿～

看來大人有時候
也會遇上
超級難打開的東西。

等到明天或是後天，我再長大一點，
我一定就可以
輕輕鬆鬆打開任何東西。

我自己想打開的東西，
還有大家想打開的東西，
我都會幫忙開。

嗯，好期待喔。
可不可以快點長大啊？

再長大一點，
我想要當能打開
任何東西的
「開開俠」！

叮！

讓光光來幫大家打開吧。

這樣就可以
開鎖回家啦！

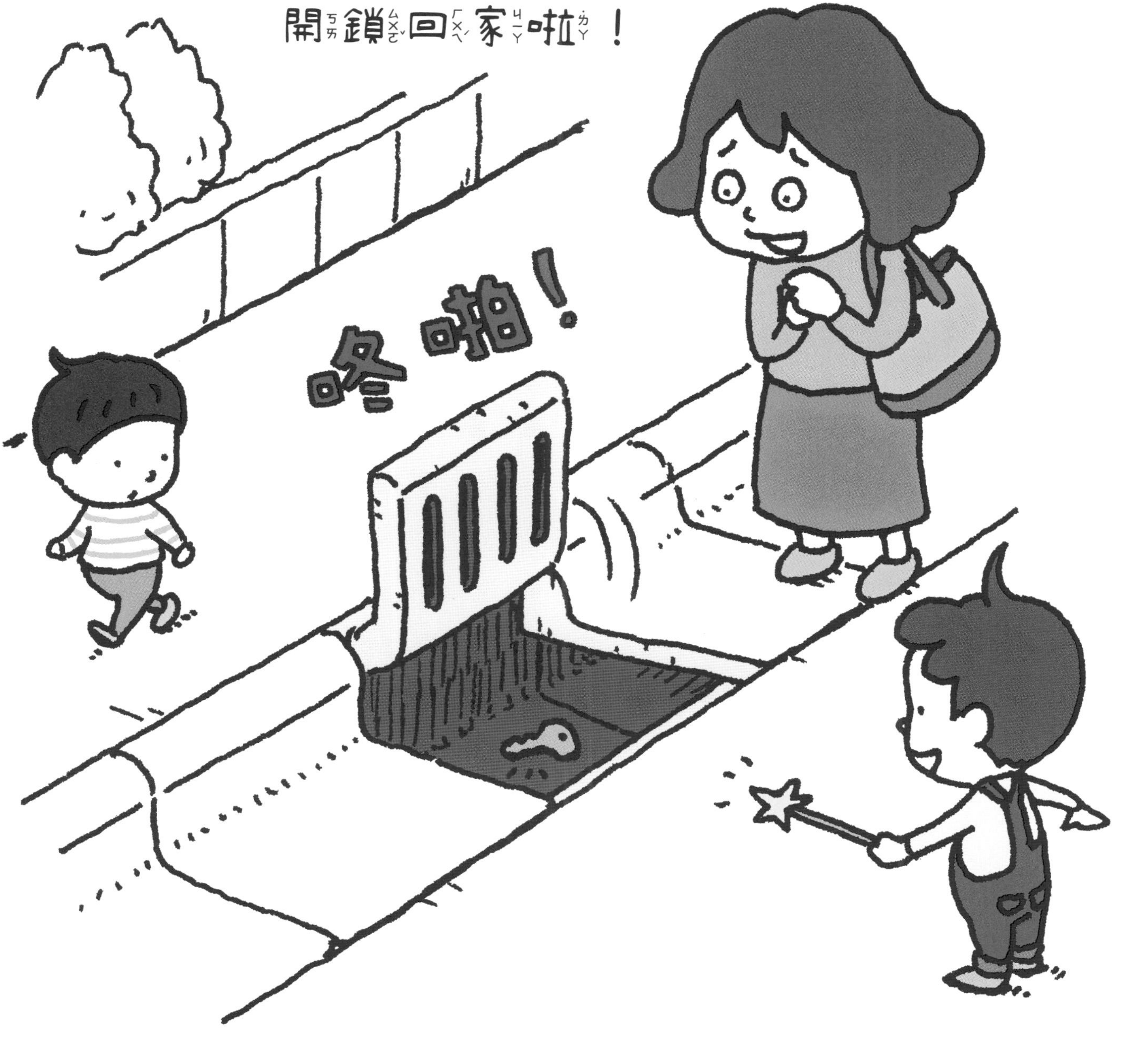

刷 啦 一

嗯，雖然現在我還做不到，
因為我還小。

口�好ㄏㄠˇ渴ㄎㄜˇ喔ㄛ 。
來ㄌㄞˊ喝ㄏㄜ果ㄍㄨㄛˇ汁ㄓ吧ㄅㄚ 。

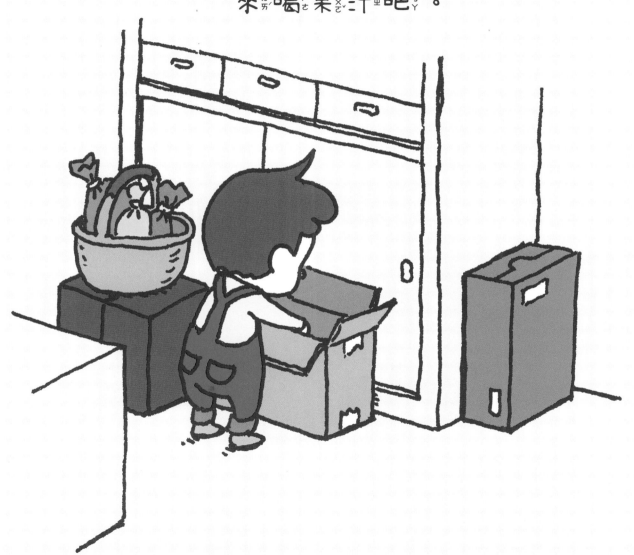

對了，今天爸爸在家。
叫爸爸幫我開好了。

每次我拿東西
去跟爸爸說：「幫我開。」
爸爸看起來都很高興的樣子。

爸ㄅㄚˋ爸ㄅㄚ，
幫ㄅㄤ我ㄨㄛˇ開ㄎㄞ這ㄓㄜˋ個ㄍㄜˋ。

喔ㄛ。

好ㄏㄠˇ喔ㄛ。

爸ㄅㄚˋ爸ㄅㄚ，
你ㄋㄧˇ是ㄕˋ不ㄅㄨˋ是ㄕˋ
很ㄏㄣˇ喜ㄒㄧˇ歡ㄏㄨㄢ
開ㄎㄞ東ㄉㄨㄥ西ㄒㄧ？

是ㄕˋ啊ㄚˊ。

噗ㄆㄨˊ嘰ㄐㄧ！

還ㄏㄞˊ算ㄙㄨㄢˋ喜ㄒㄧˇ歡ㄏㄨㄢ吧ㄅㄚ

因為等哪一天光光長大了，
什麼都可以自己打開的時候，

說不定就不需要爸爸了，對吧？

爸爸我啊，在小光光長大之前，

想跟光光一起，
在很多地方——

嘶～

咔喀一

打開很多東西唷。

啪噠一！